Este libro pertenece a:

Elsa Pacheco Delgado
(a) LA CUACHORRITA °Jo   020306 APROX.

Dirección de arte: Trini Vergara
Diseño: María Natalia Martínez
Edición: Lidia María Riba
Traducción: Nora Escoms
Colaboración editorial: Cristina Alemany

www.libroregalo.com

ARGENTINA: Demaría 4412 (C1425AEB) Buenos Aires
Tel/Fax: (54-11) 4778-9444 y rotativas
e-mail: editoras@libroregalo.com

MÉXICO: Avda. Tamaulipas 145 - Colonia Hipódromo Condesa
(CP 06170) Delegación Cuhautémoc - México D.F.
Tel/Fax: (5255) 5211-5714 / 5415
e-mail: editoras@vergarariba.com.mx

ISBN 987-9201-64-7

Fotocromía: DTP Ediciones, Buenos Aires

Impreso en Argentina por Mundial Impresos S.A.

Rice, Ashley
El poder de las chicas - 1a. ed.
Ciudad Autónoma de Buenos Aires: V&R, 2006.
64 p.; 21.5 x 15.5 cm.

ISBN 987-9201-64-7

1. Narrativa Estadounidense. I. Título
CDD 813

El poder de las chicas

Ashley Rice

V&R
EDITORAS

Introducción:

Este libro fue creado para alentarte
a seguir tus sueños y a ser tal como eres,
porque es importante que creas en ti
y que te conviertas en la heroína
de tu propia vida. También es muy importante
que sepas que hasta los héroes, cuando quieren lograr
un objetivo, tienen dificultades.

A veces no intentamos las cosas que queremos porque
tenemos miedo de que lo que hagamos no nos salga
a la perfección o de no triunfar inmediatamente.
La única manera de llegar adonde quieres ir es saltar
por encima de cada obstáculo que encuentres
en el camino, aunque en la primera vuelta no logres
superar ninguno.

Cuando el camino para llegar a los sueños sea un poco difícil, escribir tus pensamientos puede ser una buena idea (por eso aquí encontrarás algunas páginas en blanco). Quizá resuelvas algunos temas de tu vida hablando con otras personas o practicando algún deporte. No importa cómo lo hagas: el mundo está lleno de ideas y cada persona aporta algo especial a este planeta, algo que nadie más puede ofrecerle. Por eso te recuerdo: aférrate a tus sueños y dale a tu vida todo lo que tengas.

El caso es que, dondequiera que estés, espero que estés bien y que sepas que tienes el poder de alcanzar lo que deseas. Nunca dejes de creer en tus sueños.

En este mundo...
te deseo:

un poco de paz,
un poco de amor,
un poco de suerte,
un poco de sol,
un poco de felicidad,
un poco de diversión...

Hablando
de alcanzar
tus sueños y metas...

tú puedes hacerlo.

¡No dejes de soñar!

artista

médica

princesa

amiga

atleta

diosa

astronauta

escritora

ángel

presidenta

¡Puedes ser cualquier cosa
que desees!

Chicas
que cambian
el mundo

Hay chicas que, con sólo estar,
hacen que todo sea mejor....
Hay chicas que hacen suceder las cosas,
chicas que se abren camino.
Hay chicas que marcan una diferencia,
chicas que nos hacen sonreír.
Hay chicas que no inventan excusas,
chicas irreemplazables.
Hay chicas ingeniosas que
-con fuerza y coraje- triunfan.
Hay chicas que cambian el mundo
todos los días, primero soñando
y luego actuando para lograr sus metas...

chicas como tú.

Eres un arco iris en el cielo

Eres una persona
súper especial,

eres una mariposa
única,

eres la más sabrosa
de todas...

como el pastel
de chocolate
con cerezas.

Eres un ángel,

una carta
de la suerte

Y un misterio
por develar.

Como un sueño enfocado
a las estrellas, eres...

un arco iris en el cielo.

Algunas palabras
que te definen:

asombrosa ♥

maravillosa

electrizante

inquietante

linda

súper inteligente

deslumbrante

única...

y eres
una de las grandes
chicas que conozco...

Confía en ti

Ten plena confianza en tu fuerza,
tu capacidad, tu intuición, tu inteligencia...

Ten plena confianza en tu sinceridad,
tu bondad, tu entrega de corazón...

Ten plena confianza en la persona
que eres hoy...

Y más confianza aún en la persona
en la cual te convertirás
cuando alcances tus metas.

Sé que un día lo lograrás...
No importa lo difícil que resulte
tu camino: tienes la perseverancia
necesaria para no rendirte jamás.

Sé que un día lo lograrás
y espero estar allí
para compartir esa satisfacción
y esa felicidad contigo...
(y para alentarte a emprender
un nuevo camino, tras otros sueños...).

Hay una regla
y sólo una
que necesitas
seguir...

mientras avanzas por este mundo...
si quieres llegar a ser una estrella...

haz en cada momento
lo mejor que puedas.

Mecanismo de solución No. 1: deshacerse de la inseguridad

La inseguridad te hace actuar
como si se te paralizara el cerebro...

tu cerebro,
detenido,
en blanco

piensa en otra cosa...

tu cerebro,
imaginando
el sol

...y todo cambiará,
estarás nuevamente en movimiento.

tu cerebro,
feliz

Sé tú misma siempre...
pues nada
puede compararse
con la fuerza
de tu propio
corazón.

El **poder** de ser **una misma** ✦✦
es quizás uno de los mejores dones que una
persona puede tener y, a la vez, dar.
Cuando somos nosotros mismos encontramos
los **mejores amigos,**

escribimos nuestras **mejores palabras,**
acertamos la mayor cantidad
de puntos en los interminables exámenes
que nos ponen delante.

Cuando somos nosotros mismos ☆
descubrimos cosas que tenemos en común
con los demás... ✱ ✱ ✱ por medio de una
sonrisa comprensiva en respuesta a algo
que dijimos, o topándonos con otros
en la senda que hemos elegido...
sólo porque al ser ellos mismos
y seguir sus corazones, también
han elegido el mismo camino.

Cuando somos nosotros mismos brillamos
más, **reímos** con más fuerza, aprendemos
más cosas. Ser uno mismo a menudo implica
que tengamos que adelantarnos o esperar
atrás... Cuando somos nosotros mismos
podemos transmitir **coraje** a otra persona,

Y ésta, amiga mía, es la parte
del **dar**, y es la razón por la cual
ser uno mismo nunca es un acto egoísta,
sino que nace -siempre, siempre-
del amor, la amistad y el coraje.

La grandeza

es una montaña
que se mide en metros de coraje.

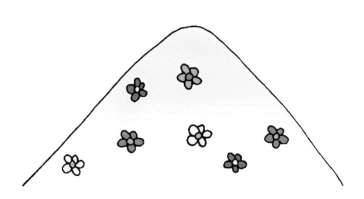

Cuando la tarea a la que te enfrentas es una montaña
delante de ti, puede parecerte demasiado difícil
escalarla. Pero no es necesario que la escales
de una vez: hazlo pasito a paso. Da un pequeño paso...
y otro... y otro más... y verás... que esa tarea...
es una montaña que ya has escalado.

Mecanismo de solución No. 2, o:
qué le enseñó al mundo
el primer pájaro que existió...

Cuando el suelo desaparece bajo tus pies...

aprende a volar.

Si nunca has fracasado...
probablemente no estabas "peleando"
en la categoría adecuada,
con el mejor ☺ 😊 😊 contrincante.
Si nunca te han herido...
tal vez nunca intentaste conseguir
algo que amabas. Si nunca te has
atemorizado, quizá nunca te arriesgaste
o no hubo nada que te importara
lo suficiente como para poner
todo de ti, ganaras o perdieras...
Ya sabes: darlo todo.
Si nunca has perdido, probablemente
no corriste suficientes riesgos...

Entonces:

si para **aprender** a vivir

hay que fracasar

y caer tantas veces...

¿cómo sabes si

estás haciendo algo bien?

...porque cuando te caes, te caes;

pero tu **corazón** ♡

continúa mirando **hacia lo alto**.

Si una chica es

1. aguda
2. inteligente
3. asombrosa
4. valiente
5. notable
6. independiente
7. sorprendente
8. increíble...

¡Puede hacer cualquier cosa!

Mecanismo de solución No. 3:

sé libre
para creer
en los sueños...

y nunca te rindas.

Cómo conquistar
tu propio corazón

Debes encontrar algo **muy valioso**.

Un poco de esperanza.

Un lugar -pequeño o muy grande-
adonde ir.

Un **sueño** pequeño (o grande)

pero excelente.

Un poco de **diversión** de verdad.

Si logras encontrar estas cinco cosas...

...habrás ganado.

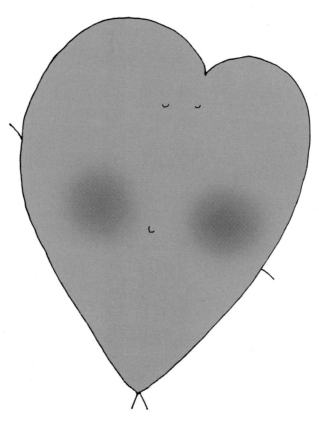

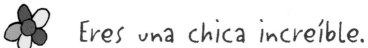
Eres una chica increíble.

Que tu corazón
no deje nunca de bailar.

Si fueras...

Si fueras
una ⭐ estrella...

serías
la más brillante. 💡

Si hubiera
pocos arco iris,
serías uno de ellos. ♥

Si fueras
una respuesta...

serías
 la correcta. ✔

Si fueras
un zapato,
serías la horma
perfecta.

Si fueras pastel...

serías
el más buscado.

Serías ⌣ bella
como el sol
que hace al cielo azul...

Pero tú eres tú...
y eso es mejor
que todas estas
cosas juntas.

Lo que tienes

Una clara inteligencia...

un carácter sincero
y fuerte...

un gran sentido
del humor,
ingenio y astucia.

El coraje de avanzar.

El ánimo de creer, vivir y soñar...

y estilo, mucho estilo.

Tienes:

el poder de las

chicas... ♥

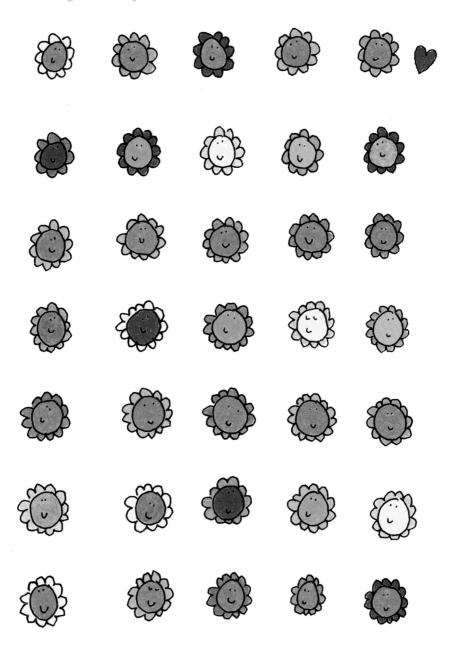

El poder de las margaritas

La margarita

es una flor muy especial... que necesita sol,
sueños y metas para crecer y hacerse fuerte...
Es obvio que tú tienes el poder de las margaritas...

porque tus sueños
crecen hora tras hora.

Dibuja la flor que crees que eres

Y ahora, piensa en qué jardín quieres estar,
rodéate de otras flores, busca el sol,
aliméntate de la lluvia, disfruta del arco iris...

crece, tratando de llegar hasta el cielo...

y cambia sin temores...
cada vez que sientas la necesidad,
cuando algo en tu interior te diga que necesitas
otro jardín y otro cielo.

Tú eres tu mejor consejera,
quien mejor puede juzgar
lo que sientes...
tu hacedora de sueños,
quien traza tus mapas,
tu brújula.
Eres tu propia asistente
y tu mejor animadora
cuando las cosas
no van muy bien.

Tú eres tú...

¡y eso es más
que suficiente!

Adelante, vamos...

Puedes volar.

Tú eres
una de las muchas
chicas que están
cambiando el mundo
para bien.

deporte

¡hola!

amistad

amor

matemáticas

arte

historia

ciencia

No dejes de **bailar**.

No dejes de **intentar**.

No dejes de creer,

aunque hayas llorado.

No dejes de atreverte.

No dejes de **compartir**

tu corazón.

No dejes de soñar...

Y nunca,
nunca,
nunca
dejes de creer
en tus sueños.

Datos acerca de ti

tu nombre completo:

- -

tus apodos:

- -

tu dirección:

- -

la canción que más escuchas:

- -

tu libro:

- -

tu color preferido:

- -

el programa de TV que más te ha emocionado:

- -

la persona que más admiras:

- -

tu refugio favorito:

_____

adónde vas cuando necesitas estar sola:

_____

tu mascota:

_____

una amiga:

_____

un chico:

_____

un recuerdo:

_____

la frase que más te inspira:

_____

_____

Un espacio para que escribas,
de menores a mayores,
tus esperanzas y sueños...

Tus metas más brillantes...

Un mensaje final:

Paz y amor para todas,
pero especialmente
para las chicas que sueñan y ríen
y saben que tienen el poder
para continuar riendo
mientras alcanzan sus sueños.

¿ Te gustaría compartir un mensaje
con otras chicas como tú?

Escríbenos a editoras@libroregalo.com

Los mejores mensajes serán publicados
en nuestra página www.libroregalo.com

Otros libros para regalar

Sólo para chicas

Sólo para amigas

Sólo para mi Amor

Guía para amarte
a ti misma

Si él ha roto tu corazón

Para mi hija
que ha crecido

Para una chica ganadora

Siembra tus sueños
y crecerán milagros

El libro de la Media Luna

¡Tu opinión nos interesa!

Escríbenos un e-mail a **miopinion@libroregalo.com**
con el título de este libro en el "Asunto".
Entre todos los e-mails recibidos cada mes
sortearemos dos libros de esta colección. Los nombres de las ganadoras
aparecerán en nuestra página web: **www.libroregalo.com**